Lina Vega-Morrison
ESTE CUENTO ES DE...

ARTES de MÉXICO en UTAH

COMMUNITY Writing CENTER

Creación, Producción y Diseño

Artes de México en Utah
Community Writing Center

Patrocinadores Principales

The Poetry Foundation
The Borchard Foundation
Amazon Literary Partnership Poetry Fund
and Academy Of American Poets

Apoyo Institucional

Zoo Arts and Parks - Salt Lake County
Utah Division of Arts and Museums
Salt Lake Arts Council

© 2025 Este Cuento Es De...
Lina Vega-Morrison
1ª edición
Artes de México en Utah
ISBN: 9798315292661

Todos los derechos reservados.
Se prohíbe la reproducción total, o parcial sin consentimiento previo del autor

DEDICATORIA

En memoria de Karina,
su amor por el color amarillo
y su corazón roto.
Mija querida,
que las estrellas guíen su viaje.

Lina Vega-Morrison

SOBRE ARTES DE MÉXICO EN UTAH

Misón y Visión

Construir comunidad y sentido de pertenencia unidos por lazos culturales a través de la apreciación y creación de arte. El arte en todas sus expresiones es un medio social para reflexionar sobre nuestro pasado y presente y así encontrar puntos en común que nos identifiquen como una sociedad mas incluyente y equitativa.

La multiculturalidad es el valor fundamental de nuestros programas. Reflexionamos en perspectivas históricas y actuales, que incluyen la historia de los Estados Unidos de América y sus paralelos entre México, Latinoamérica y el resto del mundo.

Nuestras conversaciones comunitarias, presentaciones y talleres proveen perspectivas inclusivas y diversas sobre aquellos que se identifican como indígenas, mestizos, y de ascendencia africana, inmigrantes, latinos e hispanos nacidos en los Estados Unidos, con el fin de honrar las diversas identidades y crear conciencia transcultural.

Brindamos ayuda a la juventud latina-hispana para conectarse con sus raíces a través del arte, con el fin de sentirse orgullosos de ser parte de un legado multicultural.

Somos la voz y las perspectivas de nuestra comunidad en todo lo que hacemos. Nuestra comunidad nos ayuda a crear el contenido de nuestros programas al compartir sus historias orales y su conocimiento cultural. Somos un medio de creación para la identificación de artistas locales, visuales, poetas, escritores, y contamos con el apoyo de universidades y otras instituciones educativas.

Honramos y compartimos la relevancia de nuestras tradiciones y lenguaje como elementos vivos. Por medio de nuestros programas, nuestro público toma conciencia de que muchas de nuestras tradiciones antiguas siguen vivas en nuestras prácticas diarias y que enriquecen la diversidad de nuestro Estado.

Honramos y respetamos la diversidad de prácticas culturales ancestrales. Nuestros programas se enfocan en la **relación del arte entre la naturaleza, ciencia, cultura y sostenibilidad.** Nuestro legado -cosmovisión- está basado en estos conceptos que debemos continuar para preservar el bienestar de nuestro planeta.

INTRODUCCIÓN

La narración es una de las formas más antiguas y poderosas de compartir experiencias, emociones y conocimientos. Cuentos y Relatos: La vida es puro cuento es un proyecto literario que nace con el propósito de estimular la creación narrativa en español, brindando un espacio para que escritores emergentes y consolidados puedan explorar su voz, su estilo y sus historias.

A través de talleres, lecturas y encuentros literarios, este proyecto busca fomentar la imaginación y el arte de contar historias, proporcionando herramientas narrativas a quienes deseen plasmar su creatividad en la escritura. Cuentos y Relatos no solo impulsa la producción literaria, sino que también promueve la difusión de la cultura hispana mediante relatos que reflejan diversas realidades, sensibilidades y tradiciones.

De esta manera, Cuentos y Relatos se consolida como un punto de encuentro para la comunidad literaria en español y un impulso para la creación de nuevas narrativas.

Artes de México en Utah

ACERCA DEL AUTOR

Lina Vega-Morrison es una escritora, poeta y educadora professional. Nacida en Bogotá, Colombia, y con raises nuevas en Salt Lake City, Utah. Su obra explora la identidad, la memoria y la intersección entre el lenguaje y la experiencia de muchas vidas. Su mas reciente publicacion es Interrumpores Rotos 2023 con Artes de México en Utah.

El lenguaje de Vega-Morrison es tan directo como poético, tan brutal como hermoso. Cada palabra está afilada con precisión quirúrgica, cada frase es un impacto certero. Sus relatos no se leen, se sienten: en la piel, en el estómago, en la garganta que se cierra ante la violencia de lo cotidiano y lo inevitable de la pérdida. Con esta intensidad, su escritura se convierte en un testimonio de resistencia, una exploración del dolor y la belleza que conviven en la experiencia humana.

Su trabajo ha sido parte de diversas antologías, incluyendo She Said, publicada por el Community Writing Center de El Salt Lake Community College. Además, ha participado en festivales como el Utah Arts Festival y el LatinoArts Festival, consolidando su presencia en la escena literaria latina de Utah. Como facilitadora, Lina ha impartido talleres de poesía en el Salt Lake Community College Writing Center, Utah State University y Artes de México en Utah, donde se dedica a fomentar la expresión poética en español. Su escritura, cargada de imágenes poderosas y una profunda exploración del lenguaje, refleja su arraigo en la tradición literaria hispanoamericana, al tiempo que dialoga con su experiencia en los Estados Unidos de América.

PRÓLOGO

Hay libros que consuelan, libros que embellecen la realidad, libros que nos invitan a soñar. *"Este Es Un Cuento De..."* no es uno de ellos. Lina Vega-Morrison escribe desde la herida abierta, con la urgencia de quien ha visto demasiado y no puede callar. Su prosa es un golpe seco, una llamarada que no pide permiso para arder. Aquí no hay complacencias ni atajos, solo la brutal honestidad de quien ha decidido llamar las cosas por su nombre, sin adornos ni eufemismos.

Los cuentos que componen este libro son un recorrido por los rincones más oscuros de la existencia humana, donde el dolor se mastica y la esperanza es apenas un reflejo distante. Los personajes de Lina no buscan redención; algunos ni siquiera la imaginan posible. Se arrastran, se rebelan, se enfrentan a sus propios demonios con una mezcla de rabia y resignación. Y, sin embargo, hay una belleza feroz en esa crudeza, una poética de lo marginal que nos obliga a mirar de frente lo que preferiríamos evitar.

El lenguaje de Vega-Morrison es visceral, filoso, construido con la precisión de quien sabe que cada palabra puede ser un arma o un refugio. Aquí no hay espacio para lo superfluo: cada frase es un latigazo, cada imagen una marca imborrable en la memoria del lector. Su escritura nos sumerge en la incomodidad, nos desafía, nos deja sin aliento. Y, en ese abismo, encontramos algo sorprendente: la certeza de que la literatura, cuando se atreve a ser radicalmente honesta, es capaz de encender la chispa de lo humano en sus formas más descarnadas.

"Este Es Un Cuento De…" es un libro que duele, pero también uno que se queda con nosotros mucho después de haberlo cerrado. Porque lo que Lina Vega-Morrison nos entrega no es solo un conjunto de relatos, sino una experiencia que nos atraviesa y nos transforma. Y eso, en un mundo que se esfuerza por suavizar las aristas, es un acto de valentía innegable.

Manuel Aarón García Becerra

ÍNDICE

Dedicatoria	5
Sobre Artes De México En Utah	7
Introducción	9
Acerca Del Autor	10
Prólogo	11
O Fortuna	15
El Doctor Jekyll Admira A Hyde.	23
El Ruido	33
Es Más Que Suficiente	39
Casi Casi Como En Las 1001 Noches	43
El Souvenir	47
Microcuentos	53
Prioridades	55
El Reel	56
Sin Limón Y Sal	57
Dulce	58
Un Nombre Inusual	59
Gracias	60
Mi Amol	61
Este Cuento Es De…	62
De Perros Y Perradas	63
De Palmera A Roble	64
Dragón De Komodo	65
Llegando A Ningún Lado	66
El Vacío De Jorge	67
El Extranjero	68
¿Y Si Dejo De Barrer?	69
Las Estrellas	70
Una Sombra	71
Uriel Tenía 20 Años	72
Huele A Viejito	73

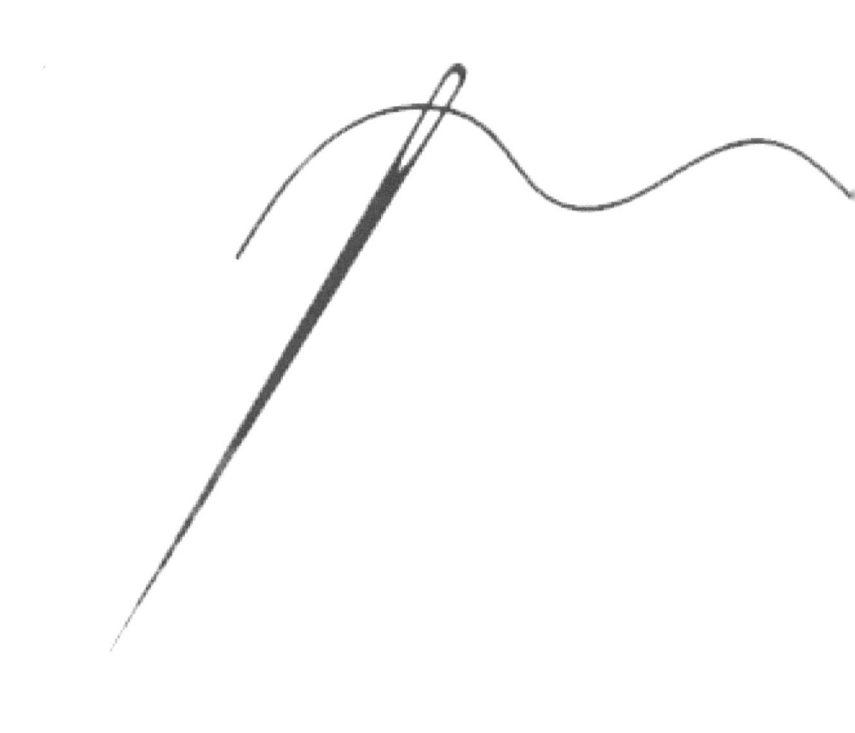

O FORTUNA

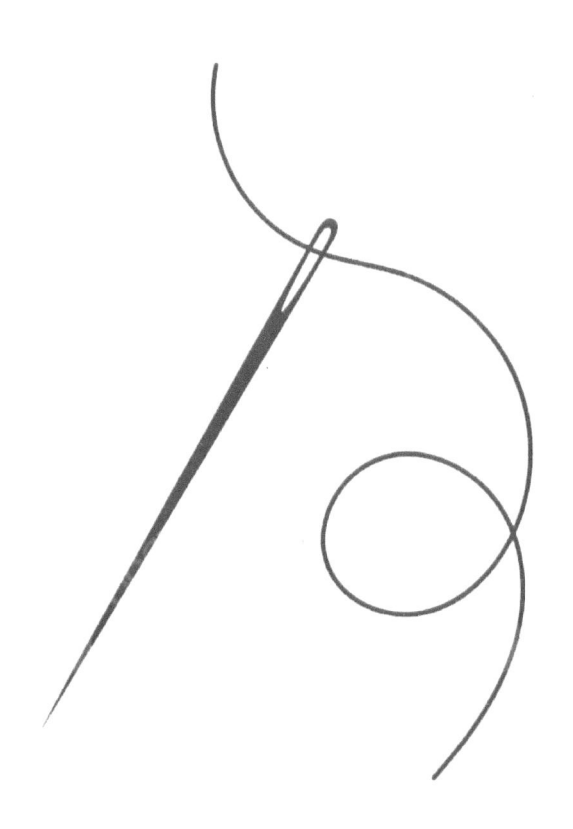

*V*ivía con ella, piel de durazno, olor de Violet Roses y colorete en el bolsillo, su cabello siempre cubierto totalmente con una pañoleta colorida diferente, "Bomma" la llamaba. También con un par de tíos hijos de Bomma, que nunca se casaron y ya llegando a sus cincuenta. La casa tenía más años que los de todos los que vivían allí combinados. Eran la abuela Gertrude, el tío Magnus y el tío Dennis, y, por último, y como siempre se sintió, estaba Deike.

Una casa de largos corredores, grandes ventanales y con altos y muy viejos sauces llorones alrededor, los albergaba. Cuando Deike iba a la ciudad, sin importar el lugar al que llegara, era muy bien recibida. Los locales le ofrecían viandas y hablaban maravillas de Gertrude. Nunca pagó un Krone por absolutamente nada en la ciudad.

Daike se había educado en internados alrededor del mundo y estaba harta de la gente, como se puede sentir hartazgo de tomar vino: se prueban muchos, se prefieren algunos,

Este es un cuento de...

aunque a veces sienten mal; si se toman muy a menudo, dan resaca, se pueden volver adicción o simplemente se deja de sentir placer al tomarlos. Por eso la lectura y la música eran sus acompañantes constantes

Por eso la lectura y la música eran sus acompañantes constantes de día y hasta altas horas de la noche. Su inmensa biblioteca le acunaba y resguardaba, eran dos y una sola, no concebía existir sin libros y música, indiscutiblemente Daike era Daike cuando leía.

Gertrude pasaba muchas horas del día en su habitación y una de sus pocas reglas para Daike era que no podía cerrar totalmente la puerta de su habitación, ni tener música a alto volumen o usar audífonos después de las 10 pm, así podría escucharla en caso de que la necesitara.

Daike respetaba y cumplía la norma. Llegada la noche, subía 3 o 4 libros a su habitación, y solo en ese momento el perro de la casa, Lotte, accedía a subirse a la cama con Daike a su sesión nocturna de lectura.

Muchas de las noches, se quedaba dormida leyendo en su cama junto a Lotte, pero de un tiempo para acá, empezó a notar que se despertaba en medio de la noche al escuchar una música ahogada saliendo por la ventila de su habitación. Claramente la identificaba: era "O Fortuna" (Carmina Burana de Carl Orff) y parecía venir de la habitación de Magnus o Dennis.

Daike se despertaba con la lastimera O Fortuna de Carl Off, y miraba hacia la puerta, ansiando que Gertrude se dirigiera a Magnus o a Dennis pidiéndole respetar sus normas, pero nunca pasó. Lo que sí vio, primero con incredulidad y curiosidad y después con terror del que hace parar los vellos de la parte de atrás del cuello, fue algo que pensó hacía parte de sus encuentros con Morfeo.

Amanecer a la misma hora, cuando las voces ahogadas de O Fortuna la traían de nuevo a su cama junto a Lotte y abría sus ojos, quedaba inmóvil.

Con la colilla de su ojo izquierdo, podía ver un pelo largo, oscuro y suave arrastrándose lentamente por el piso. Nunca lograba ver una cabeza, un cuerpo, o algo que ligara ese pelo a un ser humano, algo que la llevara a una explicación medianamente lógica de lo que solo podía ver con la colilla de su ojo izquierdo.

¿Por qué se despertaba, pero no podía

Este es un cuento de...

moverse? que poder siniestro le ataba a la cama todos los días a las 3 am? ¿Por qué el maldito Lotte no ladraba en ese momento?

Todos los personajes de libros de terror de su biblioteca, mas los de los internados del mundo donde vivió, se sumaron en su cabeza con los de complots históricos y fantásticos.

Daike estaba totalmente segura de que Magnus, Dennis y Gertrude habían planeado todo esto con precisión de reloj suizo para deshacerse de ella.

Pero Daike no podía ni siquiera concebir la idea de no volver a sentir con sus dedos las páginas de su inmensa colección de Freud o las tapas duras cuidadosamente elaboradas a mano por las Monjas del Monasterio de Las Lajas, en un país mágico de Sur América. No poder acariciar la firma de Desmond Morris en su copia del Hombre Desnudo, ese tótem sagrado que le permitió empezar a leer a las personas. Sus libros de terror, de crimen, de complots. ¡Su universo entero!

Cuando los sauces empezaron a llorar esa noche, Daike alisto el arma que amablemente un hombre de la ciudad le había obsequiado hace años. Se había cansado de muy cortas visitas con Morfeo, de los ahogados gritos de la O Fortuna, de la pasividad del maldito Lotte y de que quisieran ahuyentarla de su casa a toda costa.

Tres perfectas perforaciones atravesarían a Gertrude tan sedosas como su cabello negro, Daike solo la observaría en el piso.

Cuando los sauces empezaron a llorar esa noche, Gertrude empezó su ritual de belleza, como cada noche, se humectó el rostro con 4 productos de belleza hechos de sangre de doncella, se quitó la pañoleta de seda que cubría totalmente su cabello y dejó caer una negra cascada de cabello negro azabache; lo cepilló por horas sentada frente al espejo.
Se quitó toda la ropa que llevaba y se vistió con un kimono de seda color noche, por último, se perfumó con Violetas de Abril. Todo en preparación para la visita a quien consideraba su amante de toda la vida.

Cuando los sauces empezaron a llorar esa noche, Magnus se bañó, se puso su pijama blanco y se alistó para el ritual con su dueña. Ya no podía vomitar más del asco que sentía y lloraba abrazando el inodoro. El Infortunio lo ahogaba, como mandaba Gertrude con O Fortuna. Ella jamás permitiría que los escucharan.

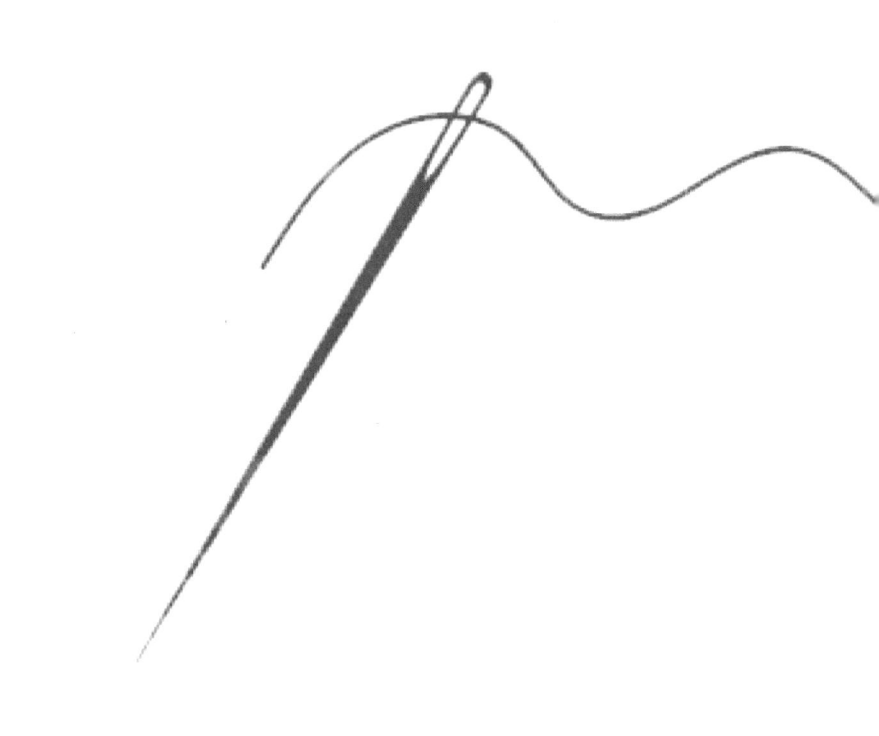

EL DOCTOR JEKYLL ADMIRA A HYDE

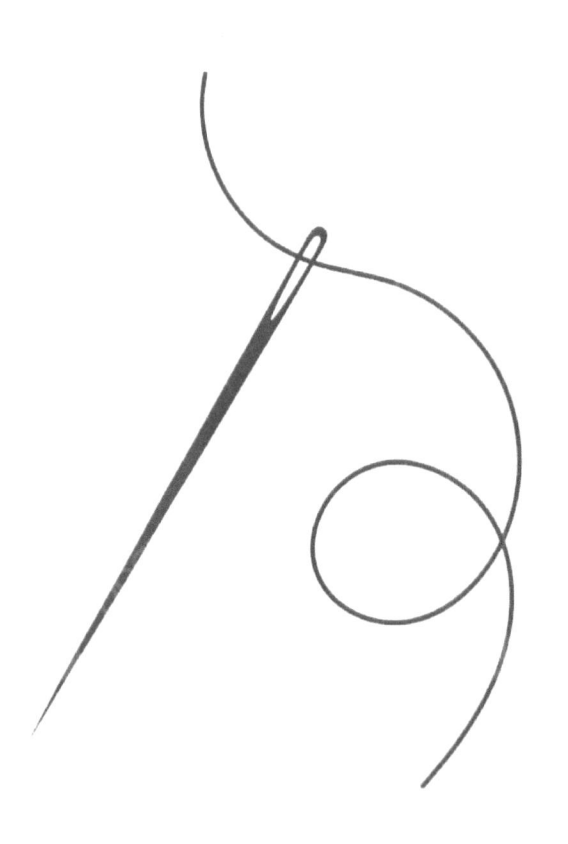

A Karina.

Muy y nunca querido, pero si respetado profesor Malavera,

Así fue como encabecé el correo electrónico que le envié a Malavera cuando empecé a leer su libro. Viejo Malavera, le decíamos con Carolina y Karina. Ese profe nos ponía a parir piñas: preguntas directas, escuetas, nada de ornato. A él le gustaba sin anestesia, sin decoro. Y sin anestesia lo que se podía ver de su cadena de pensamientos era saboreable, palatable, coñac en ese momento.
 Era adictivo y a la vez nauseabundo: montarse en la montaña rusa, sentir que se va la vida, bajarse y por decisión propia montarse de nuevo. Había que decidir vomitar todo un semestre o sentir el vacío en el estómago y

aun así subirse todo el semestre.

Yo elegí subirme; "al toro por los cuernos" antes de entrar a sus clases, no me acuerdo si me echaba la bendición o no.

Nunca había tomado coñac, lo había visto en las manos de algún elegante actor, cuyo discurso era en lengua ajena. Éste venía en vaso desechable, más bien en ollita de barro. Descubrir el olor frutal al atreverse, al caminar por el filo del pensamiento hacia la maravilla de contemplar en silencio, con estrellas en los ojos y signos de interrogación abarrotados en la boca cerrada y saliendo por los oídos. Eso era para mi una clase con Malaver.

Eso era coñac solo para mí. Abríamos la puerta para entrar al salón de clase y apiñados, como dientes en pelea de perros, todos los compañeros movían sus sillas contra la pared de atrás, becerros en matadero. Karina, Carito y yo cogíamos cada una un pupitre y lo poníamos al frente, cerca al tablero y uno junto al otro. Al filo del abismo, sin nada que perder.

Uno de tantos días, tal vez mitad de semestre, entramos como siempre. Karina con su bufanda amarilla y pelo rizado como el sol, cachetes rojos y risa inmensa. Carito con su pelo negro azabache y ojos decididos. Y yo, pues yo así no más, más papa criolla que coñac, más protozoario que homo sapiens. Sentadas ahí, conejillos de indias. De pronto, Malavera con paso firme, con dos metros de altura y hombros anchos como cargador de bultos de papa en Boyacá, entró.

Taquicardias, sudores, algunos aclarando la garganta. El traba ojos con Karina. Simultáneamente unos descansan y el suspenso comienza. Malavera le pregunta sobre la tarea, pero no algo simple, alguna complejidad profunda que no se podía improvisar. Karina se para y se ubica al frente de Malavera se desplaza hacia el final del salón para observar cómo Karina la clase, firme, con sus 1.64 de altura, lidiaba con el toro, Karina lo miró a los ojos y empezó a hablar, y hablar, y caminaba de lado a lado del salón, siguió hablando, pero ahora era alemán y siguió y ahora era francés, gesticulaba con sus manos en todos los idiomas, y en ninguno tenía sentido lo que decía. Caro y yo pensábamos que estaba bromeando, toreando el toro para hacer la corrida más amena. Luego la mire haciéndole señas de que ya dejara la vaina, y nunca me miró, ni a Caro.

Su mirada estaba perdida, más bien estaba en un lugar con certeza, solo que ese lugar no estaba en ese salón de clase ni en ese momento. Por primera vez Malavera estaba sin palabras, sin respuesta, mutismo total. Karina acabó su respuesta, giró y salió del salón. Silencio sepulcral en la clase, yo Sali detrás de Karina y la encontré en el baño: "Karina, está bien? ¿Qué le pasó?" Ella, tranquilamente giró, me entregó una moña de sujetarse el pelo y me dijo adiós poniendo su mano en mi hombro y ahí si mirándome a los ojos.

No la volví a ver, no supe de ella y no recuerdo si no me respondió el teléfono o me dio miedo llamarla, o las dos. Me dio miedo si creo, no entendía porque si con Karina toreábamos el hambre y la falta de monedas en el bolsillo, no podíamos torear esto juntas.

En una época una compraba la gaseosa y la otra la hamburguesa barata, de carne de paloma decíamos de lo barata que era. Y mitad de gaseosa y mitad de hamburguesa, y fueron unos de los momentos más felices de la vida, digo con total certeza. No teníamos nada y lo dábamos todo a manos llenas, sentadas en la banqueta junto a las palomas que míticamente creíamos era la fuente de la carne del alimento diario.

Pasó el tiempo, la clase siguió y se acabó el semestre, creo que pasó otro más y un día cualquiera volví a ver a Karina en la U. La saludé y me saludó, me contó que retomó sus estudios en la U.

Lina Vega-Morrison

Entre cosa y cosa sin mucho detalle, dijo que su salud mental tuvo un periodo duro y ya estaba medicada, pero que su abuelito había muerto y no estaba ella del todo bien, sonrío con sonrisa de revista y siguió su paso. ¡No era Karina, no era la Karina que me decía ¡Mija! ¡Qué más!! ¡Qué hijuepuercas! No la veía en sus ojos a pesar de que me mirara. No era la misma que se sentaba en la banqueta conmigo.

Se casó, tuvo una niña, se mudó a una ciudad de calor infernal y la vi allí por un ratico, estaba infernal, odiaba el lugar, la gente, el olor de la humedad y la humedad en su pelo crespo. Nos reímos porque las dos andábamos con los cachetes rojos y sudando como en sauna, en chanclas que no nos gustaban y mostrando piernas vaso de leche.

No sé, en qué orden, ni las fuentes de la información, pero supe que el día de la clase, fue tanta la presión que le originó una crisis de salud mental y de ahí en adelante fue diagnosticada con desorden bipolar, fue internada, medicada, se le murió el abuelito al mismo tiempo. Que la mierda le llovía; se había casado con un militar y había cercenado sus sueños de viajar al exterior, de crear y hablar los idiomas que bellamente aprendía.

La siguiente vez que hable con ella en persona, muy cordialmente me invito después de cenar, con toda la seriedad del caso a ir a incendiarle el carro a su esposo. Que no me preocupara, que eso lo hacíamos y ya. Me excuse argumentando que haciéndolo tal vez me impedirían salir del país y tenía que trabajar el lunes siguiente. Ella respondió que tenía mucha razón pero que si cambiaba de parecer le dijera y que de una.

Las últimas conversaciones eran raras, pero entre esa rareza veía destellos de la Karina de la hamburguesa de paloma, y me decía mija de nuevo.

Luego de su amargo divorcio, de más visitas al hospital, de la soledad, de la desesperanza que decoraba con la bufanda amarilla que le regalé y atesoraba. Después, del exesposo que le cortó el seguro de salud, de la falta de trabajo y de vivir sin medicamentos. Ya no escuché a Karina cuando la llamaba, solo un sonido-estertor que venía de un túnel borroso y con eco.

Volví al email y decirle:

Quería preguntarle por qué eran tan catre hijo de su ¡@#$!! Que qué maldita infancia lo había jodido a tal nivel de presionar a sus alumnos y hacerlos sentir que eran brutos, imbéciles, pusilánimes.

Deseaba contarle que Karina, después de esa, su última clase por años murió de corazón roto, de mente rota, de juego de espejos desconectados. Decirle que esa clase jodió a más de uno, y a ella, a ella la mató.

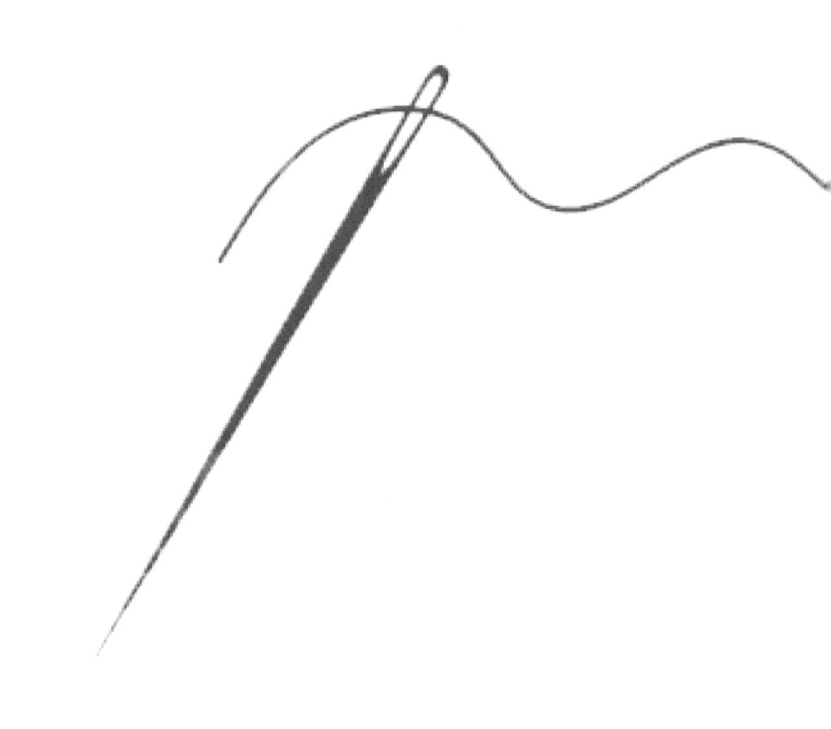

EL RUIDO

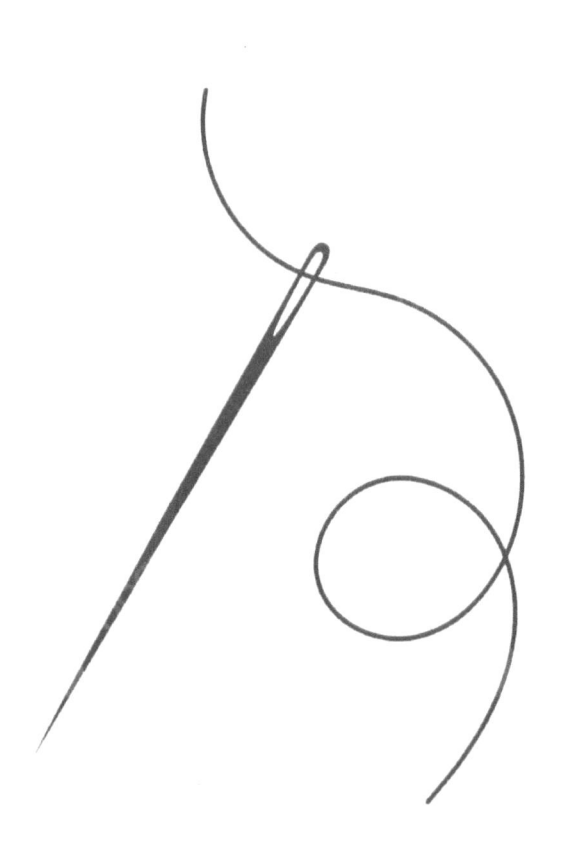

$\mathcal{A}$ntes de los 14 años Mario había tenido clases en el colegio de diferentes técnicas de arte, y hacía lo que le pedían, siempre. 30 vueltas al sol después, se hallaba de nuevo en un taller de arte, esta vez por gusto. Esas 30 vueltas las caminó navegando ciego primero, solo primero, acompañado unos años, pero de nuevo solo este año.

Ahora por decisión propia y porque sí, se sentaba en los cafés y algunos bares de la ciudad a diseccionar los gestos, los abrazos, las tomadas de mano, los besos, los abrazos y el baile.

Con precisión quirúrgica, tomaba su escalpelo mental y tomaba finas porciones de los actos, los categorizaba por su naturaleza y efectividad, también por cuan falsos se veían.

Como buen taxidermista, al llegar a casa después de los bares y los cafés, tomaba esas finas porciones y se las agregaba a su traje de piel lenta y pausadamente, de forma tal que ninguna de las puntadas fuera perceptible.

De regreso al taller de arte, esperaba indicaciones específicas para comenzar a crear, pero la maestra solo dio unas breves instrucciones, él pidió más dirección y ella simplemente lo miró a los ojos y le dijo que era su propio proceso, que él tomara las riendas.

Mario abrió los ojos y cayó, saltó a lo profundo de la hoja de papel acuarela, rodó sobre las gotas de pintura que escurrían lentamente mientras movía el papel porque ahí y ahora, él decidía el destino, y si se revelaban, las traía de nuevo a una ruta de su elección. Por primera vez se podía salir de la zona de coloreado, podía mezclar colores en las gotas y dejaba que se mezclaran, podía agregar agua a su antojo, acuarela mate, purpuras, naranjas, amarillos. Mario era Mario por primera vez, sin diseccionar a nadie y a nada.

A mitad de clase, llegó una tal Juana, tenía una nube enredada llena de anzuelos, grandota, flotando sobre ella a donde iba: la tal Juana vomitaba palabras sin parar. Las gotas se escondían en el papel, el papel se escondía en el papel, los colores se tornaron negro opaco, el agua se secó mirando a Mario a los ojos. Él sintió el sonido de las uñas en una pizarra, retumbando, los pelos del cuello se pararon como púas. ¡Maestra, hay ruido!!

Lina Vega-Morrison

¡¡Que ruido!! La maestra sonrió en frustración e hizo un comentario, la Juana con su enredo, enredó el silencio, mezcló los colores y todo fue negro.

Mario esperó hasta el final del taller y a que uno a uno los asistentes salieran y tan pronto vio a Juana, la invitó a tomar un café y luego a su apartamento, la Juana gozó el vino y se durmió. Mario tomó un escalpelo, una lupa, aguja e hilos de muy bellos colores y con sus expertas puntadas se aseguró de que ni un sonido pudiera salir por ningún espacio de la de la tal Juana, nunca, nadie más osaría quitarle el color.

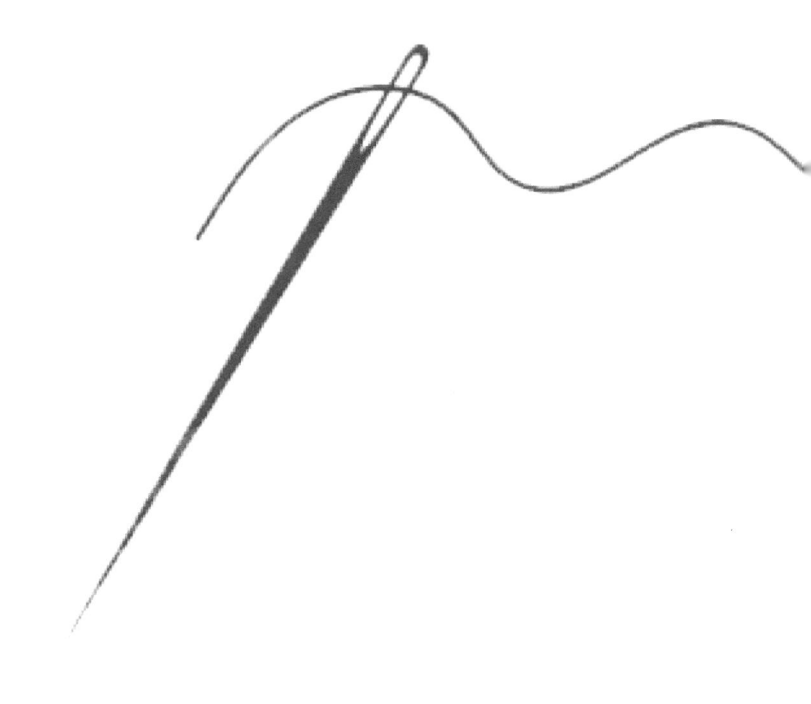

ES MÁS QUE SUFICIENTE

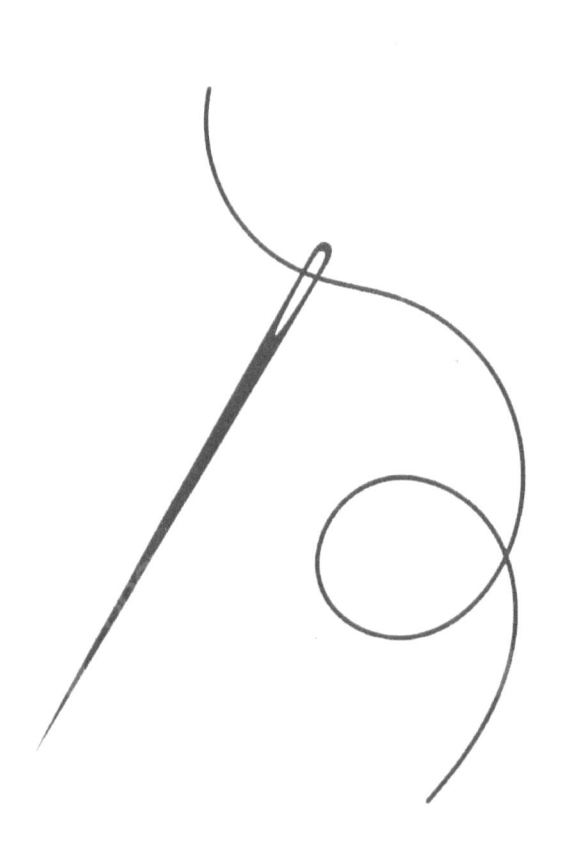

41

En el café Beans and Brews de Cottonwood, gente que supuestamente escribe pero que procrastina se reúne para disque escribir todos los sábados.

A veces hay un poco de conversación y a veces solo suena alguno que sorbe el café. Hoy hable con un nuevo miembro del grupo de pelos eléctricamente crespo y ojos curiosos, sin afán de vida. Hablamos de la nada, de cosas profundas y filosóficas y llegamos al tiempo.

Le dije que mi tiempo es algo relativo. Miro el reloj del teléfono, el reloj en la pared de la cocina, en la pared del baño y hasta el del carro, cuyo fusible dejo de funcionar hace años. Miro cada mañana el cielo antes de subirme al carro.

Es relativamente suficiente para doblar, lavar, planchar y organizar apropiadamente toda la ropa. También lo es para asegurarme de dormir por lo menos 8 horas para asegurar mi belleza eterna e incluir las 2 horas de rutina de belleza con productos europeos carísimos.

Sin duda más que suficiente para hacer ejercicio de pesas, no solo cardio, comprar comida orgánica, cocinar rico y saludable y preparar yo misma todas y cada una de mis comidas y snacks.

Pero más importante aún, para dar prioridad, crear, cultivar y mantener relaciones de calidad con mi familia, amigos y pareja algún día. Relaciones en donde me pueda sentir segura y crecer a nivel personal. Sin olvidar ir a terapia porque que la cajita de Pandora, se vuelve baúl de Pandora, cuando se crece en familia de golpes, sonrisas, todo está bien y alcohol.

El pobre muchacho de pelo crespo y ojos curiosos me preguntó que, si podía escribir algo de lo que le contaba, que se le habían prendido muchos bombillos de escritor después de un bloqueo de escritor de muchos meses. Yo me tuve que disculpar muy sentidamente, me puse la mano en el corazón y le dije que desafortunadamente, se me había acabado el tiempo y me tenía que ir.

CASI CASI COMO EN LAS 1001 NOCHES

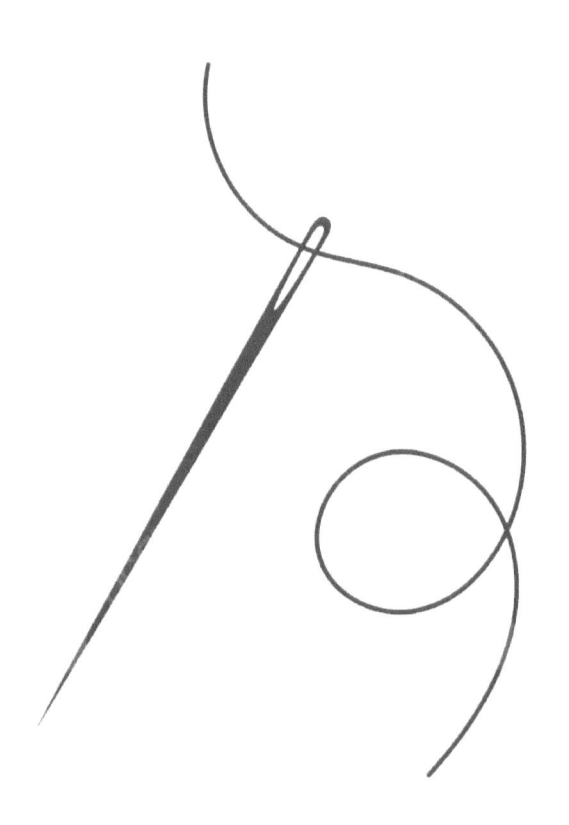

No podía lo que con historias Scheherezade lograba cada noche con el sultán, pero como ella, cada noche Martina hacía lo necesario. Alineaba cuidadosamente sobre la cama un pijama azulito, una camisilla de algodón bordada, un babero y un par de medias con unos ositos bordados a mano.

En la mesita auxiliar ordenaba de mayor a menor tamaño una sonaja nueva, un chupo de entretención, dos panales para cambio, un talco Jonhsons para bebés y toallitas húmedas para limpiar.

Después del baño, a eso de las 8 de la noche, le secaba con reverencia todo el cuerpo con una toalla azul cielo.

No había ventana en la habitación, pero ella sabía que ya pasaban las 8pm. Le ponía los talcos para evitar que se rozara, le ponía el pañal, las mediecitas bordadas, la camisilla, la pijama y colonia para bebé Arru rru.

Dulcemente le daba su chupo de entretención pues era ya muy tarde para darle leche. Él le sonreía y Martina movía las cobijas debajo de su cuerpo para acostarlo a dormir. Y entonaba:

♪Duérmete niño chiquito
Que la noche llega ya
Cierra pronto tus ojitos
Que mamá te cuidará ♪

Lo repetía tantas veces fuera necesario para que Ray por fin durmiera plácidamente después de su muy estresante día de trabajo en la bolsa de valores. Así cada noche Martina se salvaba de ser vendida a otro traficante. Sobrevivir era el objetivo diario. Estaba orgullosa de haber leído, aunque sea un libro en la escuela, las Mil y Una noches.

EL SOUVENIR

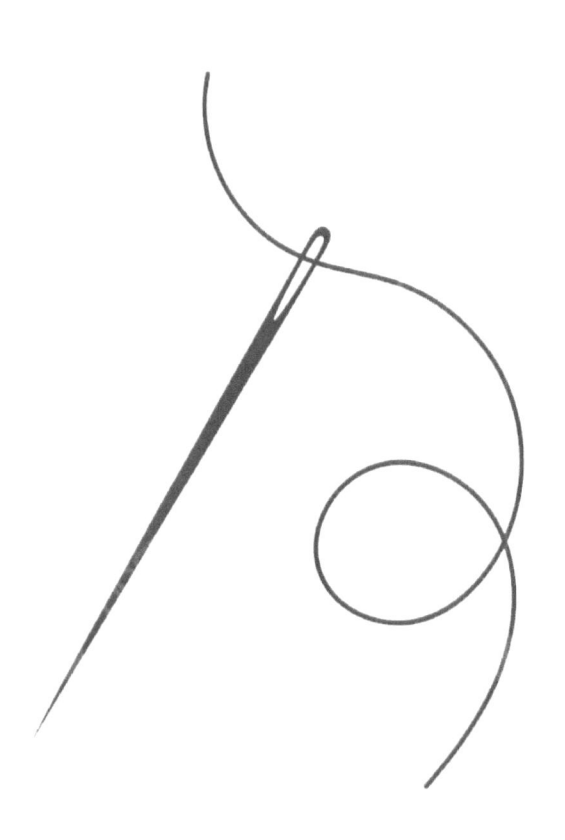

Ni una fibra de tela lo cubría. Usando las chancletas ajenas y sin saberlo, él estaba pasando una prueba de fuego frente a Milena: hablaba de las cosas importantes del mundo y su desnudez, esa era irrelevante, insignificante desnudez, que realmente desnudaba una mente hermosa, cuestionante.

Los ojos de Milena solo pasaban de él usando sus chanclas a él sosteniendo la taza de café. Los músculos de sus brazos, la sonrisa mientras pausaba para tomar un trago del café aún humeante y el descaro de su piel libertaria eran abrumantes para Milena.

Eran mucho pero mucho, como es mucho un eclipse, como es mucho un campo de tulipanes a inicios de la primavera, como una gomita de Marihuana de viaje interdimensional, como es mucho una fiesta de cumpleaños con un taco cart de consumo ilimitado o una bandeja paisa colombiana al desayuno.

Milena tomaba café también, pero mushroom coffee. Sentada en una de las sillas del comedor junto a él, cubriéndose con la sábana de la noche anterior, y la anterior, y la anterior a esa.

Su diálogo interno: Si me siento así, se me ve este gordito, si me acomodo así, que piernas tan grandes. Mi piel está reseca, ni me depile las piernas. ¡No tengo loción en mi bolsa, no me puse perfume! ¡Maldita sea!

Milena se paró, puso una mano sobre el hombro de él. Empezó a mecerse lentamente detrás de él, mientras tomaba con suavidad la sábana con una mano. y con la otra empezó a pasar sus dedos por el cabello de él. Relajado cerro los ojos y sonrío.

Milena terminó la caricia y mientras tomaba con las dos manos las dos puntas de la sabana, se agachó y beso la parte de atrás del cuello. Ahora la sabana acariciaba los pectorales y su abdomen supremamente definido. Ella le susurró algo al oído y con la fuerza que nunca tuvo, hizo que sus dos brazos danzaran con la sábana en ese cuello, con la rabia que siempre tuvo, con los besos que nunca tuvo.

Cuando la lucha cesó, le quitó las chanclas y las metió en su bolso. Tomó una ducha, se arregló y salió.

Lina Vega-Morrison

Porque el desparpajo no está en la declaración de los derechos humanos, las mujeres no tienen ese derecho, hay que tomarlo.

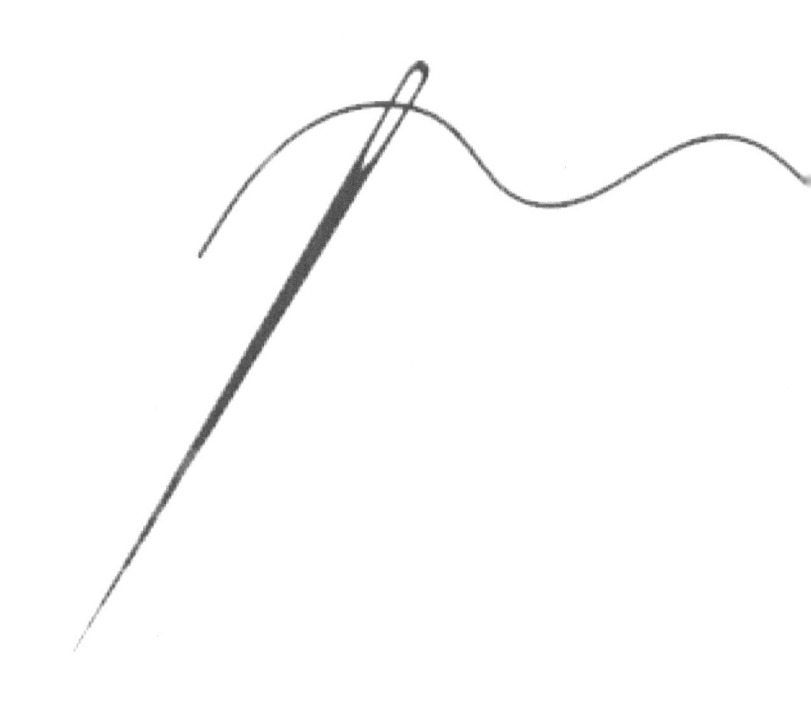

MICROCUENTOS

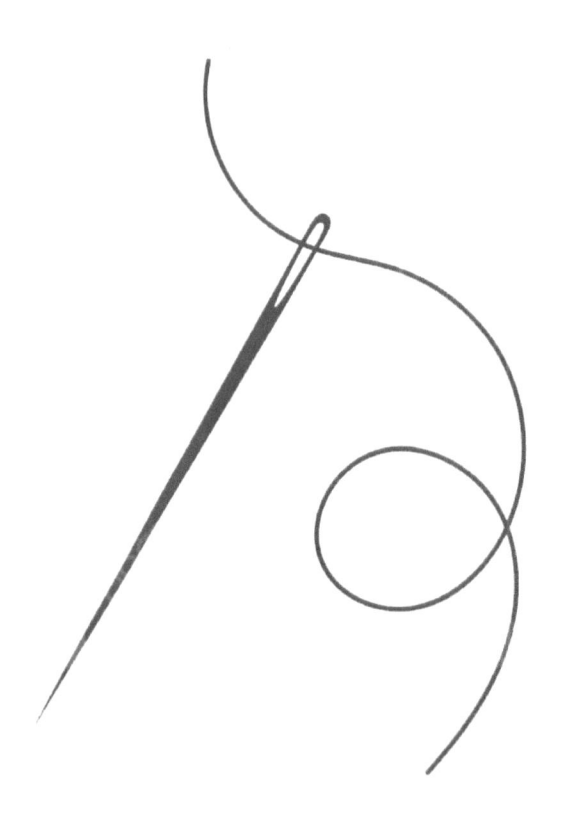

PRIORIDADES

Hace 8 años Lorena sin tan siquiera cumplir su primer aniversario de matrimonio tuvo que abortar, 9 meses después de su luna de miel quien era su esposo en ese entonces la obligó. No había dinero para hijos ni para preservativos, solo para Whiskey y porno en línea.

Hoy Lorena murió. La situación seguía difícil, de nuevo no había dinero para condones ni para más hijos, lo poco que quedaba era para tequila y Onlyfans. Solo que esta vez, una ley la dejó morir.

Este es un cuento de...

EL REEL

Regresando de su luna de miel, se sentó frente a la chimenea. Saco la botella que por fin había podido comprar, esa que tomaba su papá. El primer trago activó un reel viejísimo de alguien que tenía sepultado: su boca de niño, sus manitas de niño, su cuerpo ensangrentado y papá sosteniendo un whiskey. El ciclo volvía a empezar.

Reel: video corto que los usuarios pueden crear, editar y compartir en una Plataforma social muy popular. Máximo de 90 segundos.

SIN LIMÓN Y SAL

A sus 85 años la viejita saltaba cada vez que veía una botella de tequila. En Navidad, como se acostumbra, todos sus nietos iban a visitarla a casa de su hija Dulce, en donde vivía ya hacía unos años. Pensaban que estaba loca pues de unos años para acá, les llamaba en noviembre y les invitaba con amor, pero aclaraba muy seria que no llevaran ni limón ni sal. Pobre abuela Rubi, ¡ya hasta Alzheimer le dio!

Lo que los nietecitos no sabían era que cuando llegaba enero, Rubi volvía a ser la sirvienta. Y cada viernes, después de su trabajo, Dulce se tomaba sus buenos tequilas, escuchaba a Juan Gabriel mientras buscaba una razón: el chile no pica, las tortillas están frías, el mole no sabía a mole. ¡¡Vieja inútil!! ya sabes que hacer.

La abuela Rubi, como acostumbraba, se levantaba su larga falda y Dulce le pegaba con el cable de la plancha hasta que sangrara: ahí, del mismo mueble de donde sacaba el tequila, sacaba sal y limón y se lo untaba en las heridas.

Este es un cuento de...

DULCE

¡Hola Mija! ¡Cómo se está poniendo de bella mi prietita! Qué orgulloso me siento de lo bonita que estas, vente vente mijita, que soy tu papá y al papá no se le dice no.

¡¡Mamá!!

¡¡Que mentirosa eres Dulce, si es tu papá!! ¡¿Como se te ocurre decir esas cosas, tas loca?! ¡¡Vas a ver para que dejes de inventar!!

Mamá¡! ¡¡Con el cable no por favor!!

UN NOMBRE INUSUAL

En el año 2130, Valentina y Jonny vivían con sus tres hijos en un país llamado Vamosaver. Allí todos los niños y las niñas contaban siempre con el apoyo, la educación y el cariño de ambos padres. El país tenía renombre a nivel mundial. Uno de los primeros en desarrollo económico, alto ingreso per cápita y alta calidad de vida. Líneas de investigación y desarrollo científico incomparables. Personas de bien.

Muchos lanzaban hipótesis acerca del origen de ese nombre, pocos sabían su origen. Un anciano me contó que, por el año de 1901, la presidenta tomo una decisión sin precedentes. En enero de 1901 todas las radios estaban prendidas:

"Los niños, nuestros niños, son el futuro de este país. Desde hoy, todos los hombres que engendren hijos están obligados a proveer, emocional y financieramente a sus hijos e hijas por igual. Quien no cumpla esta ley será sometido a la vasectomía obligatoria y prisión con trabajos forzados, sin excepciones. Ciudadanos, el cambio es posible. ¡Ahora si, Vamos a Ver!"

GRACIAS

Y Eliza hizo todo como debía hacerlo, cada paso, cada requisito, pidió todos y cada uno de los permisos necesarios. Sonó con poder aplicar todo lo que había estudiado para llegar a tener el doctorado, poder tomar decisiones, comerse todos los huevos que quisiera cuando así lo deseara. Poder ser ella y hablar desde su opinión.

Varios meses después le llego la tan esperada carta. Se sentó junto a su mamá en la salita de la casa junto a las dos maletas viejas que su mamá le regaló pa'l viaje. Tantos años de estudiar y decir si señor. Abrió su mamá la carta y la miró diciendo a toda voz: ¡¡¡mija!! a seguir administrando bien los tres huevos al mes que te llegan, eso sí gracias al régimen.

MI AMOL

Carlos salía cada vez que llegaba la gua-gua. ¡¡Epa!! ¡¡Bienvenidos, la famosa piña colada con roncito cubano!! Se mezclaba con el bullicio. Sonreía con sus ojos verdes, tez besada por el sol, con cada uno de sus blanquísimos dientes, con su pelo ondulado y su postura relajada.

Observaba cada una de las que llegaban y si una se le acercaba, cualquier respuesta terminaba con una voz grave diciendo mi amol, con una mirada de puñal que rasgaba la ropa y hacia sudar.

Cada 18 minutos llegaba otra gua-gua llenita, y Carlos cada 18 minutos, con su doctorado en bioquímica escogía con pinzas a quien besarle el sudor en 5 minutos con un inglés atravesa'o y diciendo al final: Senkiu.

ESTE CUENTO ES DE...

No quiero escribir un cuento de personajes fantásticos o una historia de amor. Este cuento habla de unas chanclas amarillas con dorado. La camarera las añora, la mesera las envidia, el barman dijo que, si las pudiera usar, se compraría una para cada día de la semana. Y yo aquí sentada muy turista pierna blanca, ajena a todo esto, solo quiero que cualquiera se pudiera poner estas chanclas amarillas con dorado, y este cuento no es de chanclas.

DE PERROS Y PERRADAS

Odiados por muchos, chiquitos ladran molestamente a quien les incomode. Pero Mari siempre los defiende a capa y espada, así la gente se queje; discute y hasta manotea.

Lo que no saben es que hace un tiempo Mari vivía cada día recogiendo los pedazos de si misma cada noche antes de dormir, después de que una sombra de 180 kilos y 1.85 metros de altura la rompía. Mari había olvidado que era Mari y salía a un parquecito a medio día y se paraba justito debajo del sol, Allí la sombra no llegaba. Un día vio un Chihuahua oliendo el pasto cuando un perro 8 veces su tamaño se acercó a ladrarle y Kiki se paró firme en sus patitas delgadas y ladró con su estómago, sus pulmones, su colita y hasta sus 4 barbas.

Mari, por primera vez pensó que podría ladrarle a la bestia así midiera solo 1.45mts Mari creyó en Mari y ladro cual Cerbero.

Con el tiempo Mari dejó la bestia y compró un perrito de peluche: hay perros que mejor están solos.

Este es un cuento de...

DE PALMERA A ROBLE

¿Si vez como todas nos mecemos con el viento? Así debes ser, así somos y hemos sido. Ella, ella ya estaba cansada de sostener las hojas, de dar cocos, mas hojas y mas cocos, crecer, pensar en ser más alta y, más flexible. Ya no habló con nadie, dejo de absorber nutrientes y giraba sus hojas para que ni el sol le tocara. Se dejo secar. Creyó hasta su último segundo que reencarnaría en un roble.

DRAGÓN DE KOMODO

A Juanito todos los días le untaban saliva. Sus compañeritos se lamian el dedo índice y se lo metían en la oreja. Su tía lo peinaba con sus babas para que quedara bien. El tío muy amigable le ponía besos babosos.

De a tiros los acabó uno a uno, nunca quisieron ver que él era un Dragón de Komodo.

LLEGANDO A NINGÚN LADO

Viajó durante años y cantó por continentes. Bailó, preguntó e investigo muchísimo. Hizo voluntariados, estudió hasta un doctorado.

Al llegar a sus cuarenta y tantos, paró. Se dio cuenta de que no había encontrado lo que tanto buscaba. Recordó que lo había perdido en el primer viaje largo.

A sus cuarenta y tantos, metió las maletas en una bodega de alquiler, regaló su teléfono, se despidió de los pocos que la conocían.

De ahí en adelante la acera de la esquina de la tienda, fue lo que tanto buscó, su hogar.

EL VACÍO DE JORGE

Jorge nació en Utah, hijo de padres mexicanos que luchaban por una vida mejor. Creció con un constante tira y afloja entre el español de su familia y el inglés del mundo exterior. Sus padres lo regañaban por no hablar su idioma, pero él se aferraba al inglés, como si ese fuera el único refugio posible. En la escuela, lo llamaban "gringo", aunque su piel morena y apellido lo delataban como uno más. Era un hombre sin raíces, un fantasma entre dos mundos, sin encontrar lugar ni en su hogar ni en la sociedad.

Un día, tras años de sentirse fuera de lugar, su madre lo llamó para invitarlo a México, la tierra de sus ancestros. "Es hora de que sepas de dónde vienes", le dijo. Pero Javier, cansado de no hallarse, respondió con un simple "No soy de ahí". Colgó. Esa misma noche, se perdió en las calles, buscando algo que no sabía qué era.

EL EXTRANJERO

A los 48 años, Ernesto ya había aprendido a aceptar la soledad. Vivía en un país extranjero, donde el idioma le sonaba extraño y las costumbres ajenas lo hacían sentirse aún más invisible. No es que no hubiera intentado conseguir pareja, pero las inseguridades lo seguían como sombras: "Demasiado mayor, demasiado callado, demasiado distinto, demasiado".

Las reuniones después del trabajo lo incomodaban. Nadie parecía notarlo, él no lograba encontrar el ritmo de esas conversaciones rápidas, llenas de expresiones que no entendía completamente. Siempre se quedaba atrapado entre palabras que nunca terminaban de salirle.

En la quietud de su apartamentico, encontraba un tipo de paz que no lograba hallar en las sonrisas ajenas. Tal vez, pensaba, no se trataba de estar solo, sino de no sentirse extranjero, ni siquiera dentro de sí mismo.

Lina Vega-Morrison

¿Y SI DEJO DE BARRER?

Me levanto, siempre apurada, el café de cada de anoche, bah, igual me lo tomo. La mujer que lo puede todo, la autosuficiente, la que no necesita ayuda. Pero estoy cansada. Los brazos me duelen de cargar con todo lo que esperan de mí, de ser la hijita perfecta, la madre ejemplar, la esposa sin igual. ¿Quién determinó que yo podía con todo eso? ¿Por qué siempre esa perfección inalcanzable?

Mi vida está llena de "debería ser", pero yo quiero ser algo más, quiero gritar, dejar todo, pero, - ¿Qué quedaría de mí si suelto cosas y gente? Si no soy la que siempre ha cargado con todo, ¿Quién soy?

Miro mi reflejo en la ventana mientras barro, me pregunto si es realmente yo la que se mira o si soy una caricatura de lo que los demás esperan que sea. Sigo barriendo porque tengo que hacerlo, pero ¿Y si no? ¿Sería una traición, o una libertad? La escoba me mira fijamente y yo la miro a ella mientras la tiro por el balcón.

LAS ESTRELLAS

En 2025, el mundo del país había cambiado de manera increíble. La magia, invisible pero tangible, empezó a distribuirse entre las personas. Un misterioso decreto del pueblo, respaldado por la chispa de una antigua fórmula alquímica, convirtió la riqueza en algo que ya no podía ser acumulado ni poseído por unos pocos.

Cada persona, sin importar su origen o clase social, recibía una parte justa de los recursos, no en billetes ni en propiedades, sino en energía pura. Las grandes corporaciones se disolvieron como niebla al sol, y en su lugar, surgieron pequeñas comunidades de creatividad y colaboración.
Las casas se transformaron en espacios de alegría compartida. Y al final del día, las estrellas brillaban con una claridad jamás vista, como si el universo celebrara por fin la verdadera justicia.

Lina Vega-Morrison

UNA SOMBRA

Clara cayó al suelo, su cuerpo inerte, los ojos vacíos. Él la observaba desde la puerta, con las manos en los bolsillos, sin mover un músculo. El ruido de su respiración, entrecortada y débil, se desvaneció en la habitación, él no se movió.

"Te dije que no era importante", susurro. Ella nunca había sido más que un objeto que no importaba si se rompía. La dignidad, ese concepto que ella intentó sostener con tanto esfuerzo, le había sido arrebatada de forma brutal. En ese último momento, cuando las lágrimas no pudieron salvarla y su cuerpo ya no podía resistir, entendió lo que siempre había sabido: su vida nunca fue más que una sombra de lo que él le permitió ser.

Él dio un paso atrás y cerró la puerta con suavidad. El eco de sus propios pasos lo acompañó en el pasillo, mientras salía empezó a tararear una linda canción.

URIEL TENÍA 20 AÑOS

Pero el ya parecía mucho mayor. Vivía en una ciudad donde la esclavitud no tenía cadenas, solo deudas y trabajo sin fin. Desde pequeño, le enseñaron que su vida era una deuda interminable, que solo debía sobrevivir, soñar no.

Trabajaba en una fábrica, día tras día, sin descanso. El cansancio no solo era físico, sino mental. Ya no entendía qué significaba la libertad, ni si alguna vez la había tenido. Sus compañeros, como él, eran sombras que se desvanecían al final del turno.

Cuando llegaba a su pequeño apartamento, el silencio lo envolvía. No había futuro, ni esperanza.
A los 45 años, Uriel murió sin que nadie lo notara. Su vida, como tantas otras, fue una cadena rota, invisible. Nadie se detuvo a mirarlo, porque en ese mundo, los hombres como él ya no importaban.

HUELE A VIEJITO

Tengo trabajo tengo donde vivir. ¡Tengo dolor de espalda, uy que dolor tan berraco! ¿Ya me tomé la pastilla? Uy ni las compré. ¿Ya cerrarían la farmacia?
Me tomé el cafecito las vitaminas las pastillas de la presión. 70 años y tengo trabajito. 70, me puedo sentar? ¿Vea una silla mientras doblo la ropa, jefe por favor, yo soy rápido, si ve?

Comedor para adultos mayores, pero huele a viejito-soy viejito, pero no huelo, pero trabajo, pero hay comida gratis, pero me dejan estar acá un rato. No puedo caminar del dolor. Sali tarde del trabajo me dejó el bus cerraron la farmacia.

Me caí no me sale la voz para pedir ayuda no puedo pedir ayuda nadie me va a encontrar aquí. A mis 70 años ya no tengo voz.

Made in United States
Troutdale, OR
04/11/2025